AF296171

Y

(Par S. E. de Larme, d'après
Moreau, Bibl. des Magasins des)

pour le Théâtre
ou plutôt Portrait
De

L'APOLOGIE
DV
THEATRE
DV MONDE
RENVERSE,

OV

LES COMEDIES ABBATVES DV
temps present.

Par I. C. D. L.

A PARIS,

Chez ROLIN DE LA HAYE, au Mont S. Hilaire,
ruë d'Escosse.

M. DC. XLIX.
Auec Permißion.

AV LECTEVR

SALVT.

IL est neceſſaire auiourd'huy, Lecteur, que tu prenne la peine s'il te plaiſt, de lire ou d'eſcouter lire l'Apologie du Theatre du monde renuerſé, ou les Comedies abbatuë du temps preſent ; l'Autheur ayant vſé d'vne telle diligence à l'abbatre, que ie puis dire que les fueilles eſtoient encores humides quand ce Theatre fut acheué : Tu en auras l'entiere obligation à de Lorme & non pas à la volonté de l'Autheur, qui ſera bien esbahy, qu'vne piece qu'il vouloit eſtre particuliere, ait eſté renduë commune. Neantmoins il n'y a rien qui le puiſſe faſcher de la voir diſperſée en cinq parties de diuerſes iournées, pour la faire voir au public, & il y a toutes les apparences du monde que l'Autheur n'auoit pas deſſein de monſtrer quel eſt ſon eſprit ſur vn ſi petit chef d'œuure. Il aura pourtant ſujet de ſe conſoler du deſplaiſir qu'il en pourroit auoir, quand il verra que c'eſt le premier monde qui va commencer de paroiſtre. Tu me dois cependant ſçauoir gré de l'artifice duquel ie me ſuis ſeruy pour te le faire voir. Bien qu'il ne ſoit que promptement ébauché, il donnera peut-eſtre autant de ſatisfaction à ton eſprit, que pourroit faire vne piece plus finie. Ie vous dis adieu, cher amy Lecteur, & en attendant tout le reſte, &c.

Valete & Plaudite.

L'APOLOGIE DV THEATRE DV
monde renuersé, ou les Comedies abatuës
du temps present.

LE RENVERSEMENT DV MONDE.
Acte de la Comedie Premiere.

NOvs voicy sur le poinct d'abatre vne Histoire Comique, que l'enuie & la malice (compagnes inseparables qui se tiennent tousiours par la main) ont donné depuis quelque temps au public contre la gloire & la reputation de l'Eloquence de nos Illustres de ce temps present.

L'Autheur de son Apologie ayant eu quelque sentiment de l'entreprise de cette piece, en donna vn si fauorable aduertissement à celuy qui l'a composée sur le modelle de Hortensius, que tout le monde s'en estonne ; qu'il n'ait eu le pouuoir de la supprimer tout à fait, voicy comme on luy parle dans la page de ladite Apologie 202. & 203.

,, Æschines pour décrier quelques façons de parler, Demo-
,, sthene se seruoit de cette finesse de les destacher de ses oraisons,
,, & les appelloit des monstres & non pas des paroles, c'est ce qu'à
,, entrepris ces iours passez l'Autheur d'vne Histoire Comique,
,, dans laquelle il fait ce que fist Medée du corps de son frere.
,, Mais s'il est encore de mesme aduis que son Liure, ie m'asseure
,, qu'il ne mourra pas en cette opinion, & ayant comme il y a des
,, rayons de bon esprit, & des principes de iugement, ie ne dou-
,, te point que l'âge aura acheué de meurir cette derniere partie.
,, Il n'admire aussi bien que nous ce qu'il n'approuue pas auiour-
,, d'huy, il verra les Hyperboles à qui il a declaré la guerre auec
,, d'autres yeux, que iusques-icy il ne les a veuës, il appellera plai-
,, sant ce qu'il nommoit auparauant ridicule, il trouuera des mi-
,, racles où il voyoit qu'il y eut des Monstres, principalement il

,, confiderera mieux qu'il n'a fait les comparaifons de ceux qui
,, font toutes riches, toutes efclatantes & toutes incomparables:
,, car, certes, nous deuons aduoüer qu'il ne reüffit pas moins en
,, cette partie qu'aux autres lieux de la Rhetorique, & que fon
,, iugement qui eft toufiours le gouuerneur de fon efprit, fe mefle
,, particulierement de la conduitte de cette figure, & ne la fouf-
,, fre iamais dans les efcrits qu'auec toute la proportion, & tou-
,, te la iufteffe qu'il luy faut donner.

Voila qui eftoit capable d'eftouffer cette Hydre en fa naif-
fance, & de détromper fon Autheur. Mais puis qu'elle s'eft ef-
chappée de fes mains, pour gafter de fon venin ceux qui ietteront
leurs yeux deffus, il faut que nous luy donnions la mort de bonne heure, & que nous apportions le remede du mal qu'elle pourroit faire dans l'imagination de quelques efprits ; qui pour eftre
preoccupez d'ailleurs, fe laifferoient aifément emporter au tor-
rent d'vn fi facetieux difcours, quand ce ne feroit mefme qu'il
fe trouue des perfonnes au monde qui font toufiours de l'aduis
de celuy qui parle le dernier, & qui trouue ordinairement les
dernieres raifons les meilleures.

Et pour ne tenir plus long-temps les efprits en attente, & ne
laiffer rien en arriere, nous ferons noftre entrée par l'endroit mefme, que l'Autheur de cette non moins plaifante qu'ingenieufe
Comedie a fait de fon Prologue, où il faut remarquer d'abord que
l'Acteur du Prologue, ayant à combattre, & luy porter le premier
coup, n'ofe pourtant pas leuer les yeux pour le confiderer en face:
Mais il marche d'vn pas hardy contre fon fecond, ie veux dire
contre celuy qui a entrepris fa deffence dans cette Apologie, que
ce grand faifeur de Comedies a commencé d'entamer par la
fin.

Sans chercher des raifons inutiles, on void que c'eft vn autre
qui a pofé fes loüanges dans fon Apologie, l'Autheur qui l'a com-
pofée fe trouue figné au bout de l'Epiftre dedicatoire, & noftre
Autheur ne fçauroit empefcher que la bouche & les mains de fes
amis ne publient en diuerfes façons fes loüanges, s'il falloit qu'il
prift querelle contre tous ceux qui loüent fes ouurages, & qui
font eftat de fon bien dire (comme il femble que veut noftre Comique) il faudroit qu'il euft fans ceffe l'efpée en main, & le poi-
gnard

gnard en l'autre pour les vuider. Mais il eſt trop bon ſeruiteur du Roy pour n'obeïr pas à ſes commandemens, & ne redouter pas la rigueur de ſes ordonnances.

Admirons l'heureuſe memoire de cét homme, ou la peine qu'il a pris de ramaſſer tant de lambeaux, & petits morceaux pour dreſſer à pieces rapportées vne Comedie ou Apologie ſi groteſque, celuy qui entreprend le renuerſement de ce Theatre, proteſte tout de bon à noſtre Comedien de ſe contenter de la peine qu'il a euë de l'acheuer depuis deux ans en çà, ſans en prendre autant qu'elle ſera par terre, & ſans vouloir ranger chaque ligne d'où elle a eſté empruntée, & chaque mot d'où elle a eſté tirée. Tout ce que nous dirons de luy, c'eſt qu'il eſt fort induſtrieux, & ſçait bien rendre mauuaiſes les choſes les meilleures ; il eſt neceſſaire de conſiderer chaque choſe en ſa ſituation & en ſa poſture naturelle pour en iuger comme il faut, autrement il eſt bien aiſé de rendre horribles & difformes les choſes les plus belles : celuy-là qui couperoit la teſte d'vne ſtatuë, en laquelle toutes les regles de la ſculpture ſeroient parfaitement obſeruées, & la poſeroit au milieu du corps, qui metteroit les pieds où les jambes en ſa place, & oſteroit les bras du lieu que la nature leur a donné, pour les placer en quelque autre endroit, d'vne choſe parfaite (fut elle ſi zelée de la main de Myron) en feroit infailliblement vne imparfaite ; d'vne choſe belle, vne laide ; d'vn corps bien proportionné vn monſtre defectueux, qui feroit horreur à ceux qui l'auroient auparauant admiré: Cette Diane de la ſalle des Antiques, tant vantée des Sculpteurs & des Peintres, ſi elle eſtoit ainſi mal traitée, produiroit les meſmes effects. Autant en pouuons-nous dire du corps mieux proportionné, & du viſage le plus beau de Paris, fut-il peint auec toutes les regles de l'Art, & auec toute la ſcience qu'y rapporte ce Peintre Hollandois à qui la nature a reſerué les dons particuliers pour la vraye & naïfue reſſemblance; celuy-la qui apres le dernier coup de pinceau, couperoit les yeux du portraict acheué pour les oſter de leur place, & pour en mettre l'vn au milieu du front, & l'autre en la poictrine ; qui leueroit le nez & le menton du lieu qu'ils occupent pour les mettre en ceux des des oreilles, & qui mettroit celle-là en la place de ceux-cy ; qui prendroit les deux parties de la gorge pour les porter en la place

des joües, d’vne beauté rauiſſante en feroit vn monſtre bien hi-
deux; d’vn viſage gracieux, vne teſte de Meduſ, vn ie ne ſçay quoy
bien deſagreable, ce ne ſeroit plus cette belle face, ce ne ſeroit
plus ce beau corps, & toutesfois il ſeroit compoſé des meſmes parties , & des meſmes traicts de viſage , retouchez d’vne meſme
main , auſſi bien que cette Hiſtoire Comique eſt compoſée la
plus grand part des meſmes mots de D. L. Et c’eſt ſur ce pretexte
ſpecieux que ſes ennuieux ſe fondent, ne voila pas ce langage,
voila comme il parle, ce ſont ces meſmes mots. De tout cecy, nous
tirons auec les eſprits raiſonnables , vne conſequence infaillible
qu’il eſt tres-ayſé de choiſir vn mot, vne ligne, ou la motié d’vne
periode, & l’ayant ſeparé du corps du diſcours, de l’expoſer (comme fait noſtre Hiſtorien) à la riſée du Lecteur, lors que ſon eſprit
n’a plus la memoire de ce qui ſuit, & de ce qui a precedé.

Mais comme celuy-là qui auroit gaſté de ſi beaux ouurages par
la tranſpoſition des membres, les pourroit reparer en remettant
chaque piece en ſon lieu, de meſme cette Comedie peut deuenir
auſſi belle qu’elle eſt hydeuſe, ſi elle remet dans les lettres de celuy qu’on nomme (ie ne ſçay par qu’elle deſtinée) l’Orateur Fran-
çois, ce qui en a eſté deſtaché pour en faire eſclore vn monſtre
qui ne fera iamais de l’honneur à celuy qui l’a mis au monde, &
qui luy a fait voir le iour, au lieu que ſa diformité le deuoit encore retenir dans les plus eſpaiſſés tenebres.

Il eſt temps, auant de finir le premier Acte, que nous rappor-
tions quelques pieces de celles que l’on trouue mauuaiſes, iuſqu’à
les produire ſur le Theatre, & les faire ſiſler de tout le peuple.

Le Comique trouue mauuais que parlant des Pyrenées qui ſer-
uent de bornes à la France, & là ſeparent l’Eſpagne, ait dit, qu’il
eſt au delà de ces montagnes, qui ne veulent pas que la France &
l’Eſpagne ſoient à vn meſme Maiſtre.

Monſieur de Lorme n’a iamais dit qu’il ait veu des ruës pauées
de Dieux & de Deeſſes de l’antiquité, ny des allées bordées d’Hiſtoires d’vn coſté, & de fables de l’autre ; ny qu’il ait marché ſur les
Ceſars & les Pompées, il a eſcrit à vn Cardinal. A Rome vous
marcherez ſur des pierres qui ont eſté des Dieux de Ceſar & de
Pompée, & vous vous promenerez tous les iours parmy les Hiſtoires, & les Fables ; entendant, par cela, les ſtatuës autrefois

adorées des Empereurs, & les antiquitez de Rome qui ont donné le sujet à tant d'Histoires fabuluses.

Il n'appelle pas le Tybre, la riuiere de l'apprentissage des Romains : mais bien a-il mis en quelque part de ses lettres, quand
vous auez veu le Tybre au bord duquel les Romains ont fait l'apprentissage de leur victoires, & ont commencé ce grand dessein
qu'ils ont acheué qu'aux extremitez de la terre. Il faut estre priué
de sens commun, pour n'approuuer pas ses pensées, où n'auoir que
l'ame vegetatiue des plantes, pour ne trouuer pas beau l'orne-
ment de ce langage.

Pour dire le Pape, il ne met pas la teste de toute la Chrestienté : Mais il dit à vn Cardinal apres l'auoir conuié de venir à Rome,
pour estre à l'eslection du Pape, qu'au moins il ne sçauroit conce-
uoir rien de si haut que de faire vne teste à toute la Chrestienté, &
vn successeur en mesme temps, aux Consuls, aux Empereurs &
aux Apostres. Ce sont les qualitez du Pape que nostre Comique,
quoy qu'il face, ne luy sçauroit faire perdre, & tout le monde
sçait bien qu'il a auiourd'huy à Rome le mesme pouuoir qu'y
auoient autrefois ces gens-là.

Ie vous ay beaucoup d'obligation de me donner si liberament
ce que vous sçauez qui me manque, & d'employer toutes vos cou-
leurs, & tout vostre fard pour me faire trouuer beau, i'ay grand
peur que vous ne vous ferez point pour cette fois de party qui soit
suiuy de tant de gens que la ligue, & si tous ceux qui ne seront pas
de vostre aduis, estoient declarez criminels, il n'y auroit guerres
d'innocens en ce Royaume, &c.

L'esperance qu'on me donne depuis trois mois que vous deuez
venir tous les iours en cette bonne ville de Paris, m'a empesché
iusques icy de vous escrire, & de me seruir de ce seul moyen, qui
me reste de m'approcher de vostre personne, c'est vne pensée qui
ne peut estre attaquée par vn homme, qui entend la langue Fran-
çoise, & non pas l'Italienne, & Phillarque le plus grand de ses
aduersaires à estre contraint de dire que cela estoit bien dit &
fait.

Le vray Comique, nous d'escrit son vray sentiment dedans
cette Apologie & Comedie premiere, & nous fait sçauoir ce qu'il
trouue de mauuais, ie mettray toute ma vie la compagnie de ce

chercheur d'occasions fraischement venu de Hollande, au nom-
bre de mes mauuaises fortunes, il vouloit reformer toutes les for-
tifications & places qui se trouuoient en chemin, il ne voyoit
point de terre qu'il ne remuast, ny de montagne sur laquelle il ne
bastit quelque dessein, il attaqua toutes les villes de Florence, il
ne voulut que tant de temps, pour prendre celles de l'Estat de
Parme, de Modene & d'Vrbain, & i'eus bien de la peine à l'em-
pescher de toucher aux terres de l'Eglise, & au patrimoine de S.
Pierre, voila tout ce que l'on trouue digne de risée, de toutes en-
treprises qu'il ait voulu faire ne reüssisse qu'à la perte de beaucoup
de païs. Et moy ie dis que l'on ne sçauroit, sans injustice, pardon-
ner de telles choses comme nous voyons estre arriuée depuis peu.
Mais voicy le Paladin & Alcandre son camarade, qui commen-
cent à sortir pour faire joüer leur Tragedies & Balets.

Voyons s'ils joüeront plus raisonnablement leur personnage
que Hidaspe & le Docteur.

Fin de la premiere Apologie du Theatre du Monde
renuersé.

SVITTE ET DEVXIESME
APOLOGIE
DV
THEATRE
DV MONDE
RENVERSE',

OV

LA COMEDIE DES COMEDIES ABBATVE
du temps prefent.

Par I. C. D. L.

A PARIS,

Chez ROLIN DE LA HAYE, au Mont S. Hilaire,
ruë d'Efcoffe.

M. DC. XLIX.
Auec Permiſſion.

SVITTE ET DEVXIESME APOLOGIE
du Theatre du Monde renuersé, ou la Comedie des Comedies abattuë du temps present.

Le renuersement du second Acte.

Cét Acte pour estre plus long que tous les autres, n'est pas pour cela le meilleur.

DEs la premiere defmarche du Paladin fur le Theatre, il fait vn pas de Clerc en attaquant la liberté de de Monfieur de D. L. pour l'amour de vous ; écrit ce rare Autheur, i'ay renoncé la liberté qui m'eftoit auffi chere qu'à la Republique de Venife ; & pour laquelle il y a cinquante ans, que les Hollandois font la guerre au Roy d'Efpagne, quelqu'vn qui euft efté moins amateur de la liberté, que noftre Autheur ne s'en trouue touché, euft peû dire fimplement pour l'amour de vous, i'ay perdu, ou i'ay quitté ma liberté : Mais pourquoy veut il retrancher celuy qui l'ayme outre mefure dans les mefmes limites que celuy qui a liberté, ou la feruitude, font des indifferents fujets, pouuoit-il faire vne meilleure rencontre (luy qui donne beaucoup à l'élocution) pour exprimer vn amour déreiglé de la liberté, qu'en fe feruant de l'vne ou de l'autre de fes comparaifons ? Y a-il dans la Chreftienté, & dans tout le monde habitable, vne Republique qui la conferue plus fagement & plus heureufement que celle-là, tant de belles Loix Politiques, fi religieufement obferuées, & fa longue duré qui n'eft de gueres moins eftenduë, que celles des douze Siecles de cette Monarchie : La premiere & la plus floriffante du monde, en font des tefmoins tres-puiffans. L'oppofition à l'interdit, non moins iufte que courageufe, cette signalée victoire de Lepanthe contre le commun ennemy de la Chrestienté, le bannissement de certains gens qui s'estoient glissez parmy eux, & les refus que la Seigneurie Illustrissime a fait de leur restablissement, aux plus grands Monarque de l'Europe, preschent-ils autre chose qu'vn amour desordonné de la liberté, cette chose inestimable ; & la guerre que les Hollandois, cette poignée de terre & de peuple, fait depuis cinquante ans au roy d'Espagne, si puissant, que le Soleil ne se couche iamais dans ces terres, sont-ce pas des marques tres-asseurées d'vn amour nompareil, pour la liberté de leur personne & de leur conscience ; ses pensées sont elles basses & chetiues, doiuent elles monter sur le Theatre de ce monde renuersé, pour estre exposées à la risée & la mocquerie du monde, & sortir de la bouche d'vn Harlequin ?

Depuis cette saillie iusques à la harangue du Paladin à Clorinde, il n'y a rien qui nous puisse obliger à nous arrester longuement, & il n'y a point d'esprit qui se laisse quelquefois conduire à la raison, qui ne trouue à propos le conseil que nostre Autheur donne à ceux qui ne sont pas nez aux sanglants exercices de la guerre, de ne la voir iamais qu'auec des Lunettes d'approche ; & que parlant de la vie, il ait dit, que c'est vne chose qu'on ne sçauroit perdre qu'vne seulefois, & qu'il semble que ceux qui ont de la haute vaillance la veulent perdre à toutes les heures du iour, & en font aussi peu d'estat, que si elle estoit à vn autre, & se mocquant de ceux qui vont en pourpoint aux mouquetades, & se presentent desarmez à la bresche, que s'ils auoient intelligences auec les ennemis, ils ne s'y pourroient pas fier dauantage, n'y aller plus nuds à la guerre s'ils auoient seulement à combattre contre des femmes. La Lettre poursuit, il me sieroit mal en cét endroit de faire des leçons à mon Maistre ; & si i'entreprenois de prescrire à vostre courage iusques où il doit aller, ce seroit vouloir donner des bornes à vne chose infinie. Toutesfois trouuez bon que ie vous face souuenir que la vaillance est vne vertu si tendre & delicate, que si les autres ne la couurent quelquefois, & ne la conseruent, elle est plus dommageable à celuy

qui

qui l'a, qu'elle n'eſt vtile au biẽ de l'Eſtat, & au ſeruice du Prin-
ce; de ſorte que là ſans raiſon, qui luy doit ſeruir de maiſtreſſe,
& la prudence de guide, il n'y a point de paſſion plus aueugle,
ny qui differe moins de la fureur des beſtes, & de l'impetuoſi-
té des Barbares; ceux-cy croyent que ce ſoit laſcheté de fuyr
quand vne riuiere ſe déborde, ou de n'attendre pas la cheute
d'vne maiſon qui s'en va par terre : Mais eux & nous n'auons
pas la meſme fin, & comme ils ſe propoſent ſans plus de tuer
& de mourir; auſſi nous deuons ſonger à vaincre & negliger
tout le reſte, autrement que nous ſeruiroit-il de cognoiſtre la
vertu & les extremitez qui l'a bornent, & d'eſtre nez ſous vn
Ciel plus heureux que celuy d'Italie & d'Eſpagne, ſi nous ne
tirons aucun aduantage, ny de la bonté de noſtre inſtitution,
ny de celle de noſtre naiſſance : Ie ne m'eſtonne point qu'il y
ait des gens qui preferent la mort à la pauureté, & qui ne trou-
uant point de contentement en eux-meſmes, ſont bien aiſe
de ſortir en quelque façon que ce ſoit de la glace de leur pays,
& de la miſere de leur fortune; mais vn honneſte homme qui
à toutes les heures du iour, reçoit des plaiſirs tres-parfaits &
tre-sinnocens, & qui a vne grande partie de la vertu de ſon
Siecle à perdre, eſt traiſtre au public, & ennemy de ſoy-meſ-
me, s'il quitte tout cela de bon cœur & s'il en priue le monde
pour vn peu de bruict & de vaine gloire; vous le ſçauez, Monſieur, beaucoup mieux que moy, que la vie eſt le fondement
de tous les autres biens, auec lequel on peut recouurer des
Royaumes perdus, & demeurer le Maiſtre apres la perte de
pluſieurs batailles.

Il n'y a point de doute que la pluſpart des Roys dont on
parle, & des Capitaines dont les Hiſtoires ſont pleines, ne
vouluſſent auoir changé leur reputation pour noſtre vie. Voilà
comme il parle hors de la Comedie de l'Apologie du Theatre
du monde renuerſé, ſur la ſuperlatiue.

On ne luy veut pas permettre parlant de la guerre, il dit
que c'eſt vn temps malheureux, auquel les Peres ſuccedent à
leurs enfans, & de la Paix, que c'eſt elle qui cultiue les de-
ſerts, & qui rend meſmes les pierres fertiles, & ne vient iamais
qu'acompagnée de l'abondance & de la ſeureté.

B

Quelque mafque & quelque defguifement que l'on donne à tout ce qui fuit , & quelques miferables haillons qu'on
luy iette deffus luy , cela ne laiffe pas neantmoins d'auoir de
l'efclat & de la fplendeur , mais de la mefme forte que les Per-
les & les Diamans en peuuent auoir au milieu de la fange &
de l'ordure.

Il n'appelle pas le Soleil le Dieu qui fait les Mores, fa pen-
fée n'eft pas feulement coupable de ce crime : Mais il a dit, que
le Soleil qui efclaire les peuples de France & d'Italie, n'eft pas
fi ardant que celuy qui fait les Mores, & qui brufle continuel-
lement la Lybie ; & le Comique fongeoit ailleurs quand il fait
parler Alcandre en fes termes.

Ie veux croire, dit-il, que celle que tu me veux donner eft
belle, mais attens vn peu elle ne fera plus, le temps qui ruine
les Empires & met des bornes à toutes chofes, la traittera
comme le refte des beaux ouurages, il viendra vne faifon où tu
auras plus d'horreur de fon vifage, que les coupables n'en ont
de leurs Iuges, fon front s'eftendera iufques au haut de fa te-
fte, les joües luy tomberont fous le menton, & les yeux de ce
temps là, feront de la couleur de fes levres ; de cette Hevre,
cette vieilleffe toute courbée & toute ridée , à quelque chofe
de beau & de Majeftueux fous les fantafques habits d'vn
Pantalon.

Mais voicy le gros Guillaume qui fe prefente fur le Theatre du monde renuerfé, pour faire des offres bouffonne de
feruice au public, entre-parlant de Phœbus, & luy donner des
galimatias apres s'eftre fondu en reuerences deuant l'affi-
ftance à la mode bouffonnefque.

Tout ce difcours & tout le dialogue eft vn coq à l'afne le
plus artificieux qui fe trouue, tantoft il defcend du Ciel en la
terre, & monte de la terre au Ciel, tantoft il parle de l'Amour
& tantoft de la guerre, ores de Paris & incontinant de Rome
& de Venife, eftant vne fois dans les Aftres , & l'autre dans la
la Mer, icy il parle de l'Hyuer & ailleurs de l'Autonne ; vne
fois de la Cour, l'autre fois du village ; tantoft de la predefti-
nation, puis des Poëtes Epiques, meflant les pechez mortels
auec les lettres Patentes & les Edicts du Roy, & les Declara-

tions, la fievre auec l'amour, les procez auec les querelles, l'vn luy demande d'Angleterre, l'autre refpond d'Allemagne, l'vn parle de la folitude, l'autre de la compagnée, l'vn des morts, l'autre des viuans, l'vn de l'amitié, l'autre de la haine, celuy-cy de Paris, l'autre d'Italie, & celle-là des Landes de Bourdeaux, l'vn du Iapon & l'autre de la Chine : D. L. n'a iamais tant parlé de chofes à la fois.

Tout cette confufion démeflée, & ce defordre ofté, on peut dire auec raifon que ce font des belles & precieufes matieres hors d'œuure, ou de beaux vifages charbonnez à plaifir, ou pour mieux faire comparer la bouffonnerie de cét entretien amoureux, auec l'intermede du Seignor Pantalon, à cette celebre & plaifante querelle de deux fourds qui firent eflection d'vn fourd, pour terminer leur differend, l'vn demanmandoit vn pré, & l'autre deffendoit pour vne vigne, & le Iuge ordonna pour vn moulin. Puis tout ce Theatre du monde renuerfé fut changé de face, nous changerons auffi de difcours, & quitterons ce faifeur de coq à l'afne, pour voir danfer les mataffins au Seignor Pantalon, qui commence de leuer la tapifferie, & de fe mettre en pofture pour donner du plaifir aux fpectateurs, qui feront curieux de voir jouër cette Apologie du Theatre du monde renuerfé, ou la deuxiefme Comedie des Comedies du temps prefent.

*Fin de la deuxiefme partie de la Comedie des **Comedies** du temps prefent.*

www.ingramcontent.com/pod-product-compliance
Ingram Content Group UK Ltd.
Pitfield, Milton Keynes, MK11 3LW, UK
UKHW020122100726
13658UKWH00005B/2318